KB056051

천 마리의 양들이
구름으로 몰려온다면

파란시선 0036 천 마리의 양들이 구름으로 몰려온다면

1판 1쇄 펴낸날 2019년 6월 21일
지은이 박춘희
디자인 최선영
인쇄인 (주)두경 정지오
펴낸이 채상우
펴낸곳 (주)함께하는출판그룹파란
등록번호 제2015-000068호
등록일자 2015년 9월 15일
주소 (10387) 경기도 고양시 일산서구 중앙로 1455 대우시티프라자 B1 202호
전화 031-919-4288
팩스 031-919-4287
모바일팩스 0504-441-3439
이메일 bookparan2015@hanmail.net

ⓒ박춘희, 2019, printed in Seoul, Korea

ISBN 979-11-87756-42-2 04810
      979-11-956331-0-4 04810 (세트)

값 10,000원

*이 책 내용의 전부 또는 일부를 재사용하려면 반드시 저작권자와 (주)함께하는출판
  그룹파란 양측의 동의를 받아야 합니다.
*잘못된 책은 바꾸어 드립니다.
*지은이와의 협의 하에 인지는 생략합니다.
*이 책의 국립중앙도서관 출판예정도서목록(CIP)은 서지정보유통지원시스템 홈페이지
  (http://seoji.nl.go.kr)와 국가자료공동목록시스템(http://www.nl.go.kr/kolisnet)
  에서 이용하실 수 있습니다.(CIP 제어번호: CIP2019022176).

천 마리의 양들이
구름으로 몰려온다면

박춘희 시집

시인의 말

오래도록 안녕하지 못했던 말들은 사막으로 갔다

푸른 가시가 돋혔다

코치닐 벌레는 죽어서 붉은 스카프가 되고 있다

비가 내릴 것이다

차례

시인의 말

제1부

제2부

제3부

제1부

사이

한 마리 염소가 울 때, 뒤따라 우는 염소들과 울까 말까 망설이는 염소들 사이 나뭇잎의 수다. 그 소리를 듣는 나와 울음을 털어 내는 달팽이 두 관 사이, 탄소동화작용을 하는 잎과 잎 사이의 맥락으로 이어진 울음들은 내 붉은 혓바닥, 가시가 돋친 지느러미 엉겅퀴, 나는 그 결과이다. 내 앞에서 울음의 효과처럼 찍히는 발자국 또렷이 돋아나는 저녁이다.

백양나무 잎이 먹물로 번지는 어둠을 제 이마에 찍어 바르고 천천히 사라진다.

이곳저곳 패인 둠벙으로 검은 짐승 절뚝이며 건너갈 때, 어둠의 경계에서 완벽하게 사라지는 염소와 나무들. 그 사이 나는 펄럭이는 울음 몇 장으로 서 있다.

감정의 바깥 1

개의 주검을 수습하고
그 손으로

우걱우걱, 사과를 물어뜯을 때
그것은 낯선 공포를 삼키는
식욕의 감정

야음을 틈타 매장을 하고
산을 내려갈 동안
줄기차게 따라오던 개 비린내

죽은 개의 냄새는 개의 나머지

빗줄기가 바짓가랑이를 잡고
삽날이 들어가지 않던 어둠

헛손질에 엉겨 휘청거리는 손도
삽자루의 당황도

모두 감정의 저항선

숨이 멎을 것 같은 칠흑의 밤도
젖고 젖어
굴참나무 잎눈 못 뜨는

개흙의 밤.

감정의 바깥 2

칠월 땡볕
끈질기게 꼬이는 파리 떼

누군가에게 사체는
구멍마다 알을 슬어 놓는
아늑한 자궁이 되기도 하는데

몸을 얻는 것은 언제나 삶의 문제인데

파리의 일생이나 개의 일생이나
사람의 일생이 다르지 않다는 생각

개의 전생이란, 긴 시간도 짧은 시간도 아닌데
한 종이 사라지기에 충분한 시간이기도 한데

담장 바깥,
뭉텅뭉텅 털갈이하듯
늙어 지친 꽃들

개의 일생이 얹혀

동공 속으로 간신히 졌을,

발을 놓쳐 버린 어둠이
개떼처럼 떠돌다 마침내

저 구멍마다 고인
꽃향기를 틀어막고

구더기 떼 새까맣게
꾸역꾸역 쏟아 내던

●몸을 얻는 것은 언제나 삶의 문제인데: 이현승, 「연루」.

바람의 미각

'달콤하다'는 극에 달한 죽음의 미각이다.
홍시처럼 모든 썩어 가는 것들은 부드럽고 달콤하다.

이따금 음흉하게 문드러지고 있었던 할머니의 붉은 잇
몸과 어머니의 보드라운 종아리, 단단한 근육들은 서서히
풀려 대지로 돌아가는 중이었고

미각을 잃어버린 어머니는 소태처럼 쓴 혀로 흙벽을 핥
아 보았다.
그해 된장독이 끓어올라 장맛이 넘어갔다.

어느 날 어머니는 더 이상 비린 찬을 밥상에 올리지 않
았다.

물을 떠나온 생선의 비린내와 어머니의 살냄새는 녹내
를 풍기며 공기 중에 흘러넘쳤다.

노년의 어머닌, 모든 미각을 잃고 백지로 돌아갔다.

무덤의 바깥

사물이 발생하는 곳이 자궁(womb)이라면,
무덤(tomb)은 그 발생을 상자 안에 가두는 것.

나무 목(木) 자로 누운 채 삭정이가 되어 가는 시간 뒤,
접힌 목련 꽃주름을 펼치며 엎치락뒤치락 이후의 봄
은 온다.

우산을 활짝 펴드는 속도로 오는 봄,
목련꽃이 고개를 꺾어 무덤 속을 환히 비춰 본다.

그 고요의 바깥,
가지복달, 까까물거지, 까마귀오줌통꽃……
또 다른 이름의 꽃으로 어머니를 불러 보는 것이다.

봄은, 없는 어머니의 봄 곁으로 나를 데리고 가 다른 봄
을 울고 온다.

널 뚜껑을 열어젖히는 저 초록의 힘,

만삭의 봄, 부풀고 있다.

조류독감

부리도 영글지 않은 병아리 떼, 흙구덩이로 떨어집니다.

그 축축한 땅에 붉은 꽃물, 저녁 깊어 갑니다.

가장 생생한 목소리로 닭들은 죽어 가는데요,

어쩌자고 병아리들은 깨어나는지.

사람의 죄는 닭 털만큼 가벼워, 생닭 냄새로 부푸는 저녁은 어김없이 오고요.

평생을 벗어나지 못하는 이 비린 식욕은 차라리 치욕입니다.

제 속을 다 밝히지 못하는 저녁이 꺼먹꺼먹 튀겨지고 있었습니다.

유전적 죽음

롱핀 뱀장어는 죽을 때가 되어서야 알을 낳고

폐경을 모르는 영장류는 30대 말 마지막 출산을 하고 죽는단다. ― **사즉생!**

일본의 사회성 진딧물은 폐경을 한 뒤 점액 분비 기관으로 생식 기관이 바뀐다. 새끼를 보호하고 포식자를 퇴치하기 위해 왁스질의 분비물과 함께 굳어 죽는다고. ― **살신성인!**

마마보이의 원조, 북서 태평양 범고래는 어머니 범고래가 죽으면 30살 아들 범고래가 죽을 확률이 14배로 높아진단다. ― **검은 바다, 멜랑꼴리!**

고래와 인간 여성, 아프리카 칼라하리사막의 쿵족 여성도 폐경기 이후 수십 년을 더 산다고. 모성애와 양육, 월경과 폐경 사이, 꽃이 폈다 꽃이 지는 사이 ― **유전은 길고 삶은 짧다!**

●할미 범고래는 무리의 우두머리로, 먹이 이동, 집단 내 갈등 해소 등 문제 해결을 하는 지혜를 갖추었다고 한다.

눈먼 자의 봄

실명한 이웃집 여인이
꽃의 성별을 가리듯 꽃을 더듬을 때
흘리는 꽃향기, 얼룩이다.

성난 꽃으로 쓰러진 노을은 여인이 쓰다 남은 저녁이
다.
꽃의 심장을 눈에 바르면 여인의 저녁이 환해지겠는가?

여인이 더듬더듬 마을을 한 바퀴 돌 동안 눈두덩 두껍
게 내려앉는 어둠,
꽃들의 얼굴이 지워지고 씨방에 고인 검은 눈물이 기어
나오는 시간이다.

초저녁잠에 깨어난 애장 터 붉은 산나리꽃이
청미래 넝쿨 숭숭 뚫린 의심 많은 눈을 지우고 마을 쪽
으로 고개를 든다.
저 애린 폐허를 딛고 맹인의 저녁은 온다.

얼룩으로만 감지되는 시력 하나로
쌍둥이를 키워 내고 밭을 매고

풀물이 밴 발꿈치로 쓰러지는 저녁이 있다.

가장 밝은 꽃도 결국은 얼룩 한 점으로 사라진다.

쌍둥 어멈이 다녀간 뒤
모든 꽃은 저녁의 얼룩이다.

해바라기 습작

내가 보고 있는 것은 한 평의 절단된 밤이다.

병든 개의 신음을 꽃잎으로 뭉갰다.
어둠을 갉아 대는 골목의 가로등도 꺾였다.

이글거리던 개의 눈빛
화폭 가득 불타오르는 미친 꽃잎들
해바라기밭을 절룩거리며 돌아다니는 바람

여름 내내 캔버스 앞에서
염을 하듯
푸르르, 푸르르 쏟아지던 개털을 긁어모아
바르고, 바르고 또 발랐다.

물감의 무게를 이기지 못한 캔버스가 출렁거렸다.
폭죽처럼 터지던 캄캄한 비명

개의 일생을 뒹굴었던
저 순금 빛 수의 한 벌

한 평,

불타는 밤이다.

식욕 장애

저녁의 상가에는
튀김옷을 뒤집어쓰고 끓어오르는 치킨이 있고

무엇이든 삼키려는 아귀의 목구멍이 있다.

반반 치킨을 시켜 놓고
나는 가끔
식욕이란 것이 완곡한 분노, 생존을 넘어선 과잉이 아
닌지 생각한다.

언제부터 몸은
폭식과 거식에 시달리다가
끝내는 면역 결핍증 환자처럼
자신에게 집중하는, 나르시시즘의 전향이 아닌지.

비움과 채움은
분노의 패턴

번들거리는 목구멍을 따라
지친 위장이

짐승처럼 웅크린 저녁이다.

숲의 비망록

창문이 숲을 품고 있다고
숲이 깊어지는 것은 아니다.

죽은 송어를 떠내던 뜰채가
죽은 물고기를 기억하는 것이 아닌 것처럼.

그러나 연당이 물고기를 기억하는 한
낯선 남자의 방문은
그 숲의 마지막 비망록이다.

봄에 낯선 남자가 숲을 방문한 것은
새순의 신비감을 느끼기 위해서가 아니다.

이를테면 야생화와 바이오 기술 융합,
생태적 이성이나 감성,
사업가의 셈법으로

인간의 행복지수를 숲의 속성에 대입해 보기 위해
남사 꽃단지부터 덕성산 자락까지 왔다.

그러나 낯선 남자의 불확실한 미래가 봄 그늘로 흩어
진다 해도
　숲은 남자의 가능성과 실패를 따지지 않는다.

　산그늘 아래 흐린 눈을 뜬 뼈들이
　숲을 빠져나와 매화꽃 씨방으로
　단단해지더라도.

제2부

배후
—인칭들의 극장

#1

시시비비(是是非非), 경광등을 울리며
경찰차가 도착한다.

우발적 사건에도 인과성이 존재한다.
사건은 늘 오늘 발생하여
내일로 흘러가 어제로 잊혀진다.
싸움은 언제나 일회적, 변곡점을 지향한다.

균열을 장전한 미래의 사건
'우연만이 가장 현실적이다'

인과의 도화선, 불꽃
인칭들의 격렬한
악수

#2 7-ELEVEN—24시간 편의점 앞

평상 1―오늘을 담담히 전개한다.
바벨의 후예들
모여 앉아 화기애애(和氣靄靄)

평상 2―언제나 화기애매(和氣曖昧)로 번진다.

고랭지 배추밭 일을 마치고 모인 인부들
술을 몇 순배 돌리더니
다시 목소리에 날이 선다.

술상에 차려진 다국적 욕설들
나, 너, 그들
각자의 언어로 술상을 엎는다.

#3 액션 1

멱살을 잡고 잡히고,
웃통을 찢어발기고
꽃처럼 엉겨 붙어 눅진눅진 짓이겨지도록

이럴 땐 돌멩이가 일조를 한다.

#4 액션 2

자동차 유리창이 박살나고
아스팔트 여분데기
샐비어꽃보다 붉은, 꽃이 그 밤에 피었다 진다.

반복되는
사건의 고전적 재구성
고장 난, 비디오

불화를 모르는 평상은 물성으로 잠잠
일당을 받아 쥔 손만 배춧잎처럼 후들거렸다.

인칭들의 세계,
도처의 날선 유리병, 지뢰밭이다.

천양운집(千羊雲集)

천 마리의 양들이 구름으로 몰려온다면, 이천 개의 눈동자와 사천 개의 발과 천 개의 입이 모여 땅과 하늘이 맞닿는 우레 소리 들을 수 있을까? 사천의 발굽들이 구름을 일으키며 구름 천지를 만들 때, 나는 아이이기도 전 저 구름의 그림자를 뜯어 부지런한 엄마를 만들고 있었지. 구름의 전생을 입고 태어날 아이를 위해 구름 모자와 구름 신발을 걸어 두고, 오랜 잠으로 설렜었지. 몇 천 트럭분의 구름을 자고 드디어 구름족의 아이가 될 수 있었던 것은 천 마리의 양 떼, 천 개의 배꼽 덕분이었지.

수천 필의 구름을 입고 너의 밤은 길고 길었지. 포근포근 폭신폭신한 잠을 걷어 내고 나도 드디어 구름족 엄마 흉내를 낼 수 있었던 거야.

●양들의 침묵

그녀는 언제나 손뜨개질로 발랄하게 말했다. 흘러 버린 코를 주워 담을 때 가끔 뭉게구름이 코바늘에 꿰어졌다. 양 한 마리 양 두 마리, 주워 담은 코마다 어린 양들이 자꾸만 태어났다. 자꾸만 태어나는 어린 새끼들을 마당에 풀어놓기도 전에 메밀 싹보다 붉은 혀로 무엇이든 먹어 치웠다. 처음에는

36

종이를 먹어 치우고, 숟가락을 먹어 치우고, 탁자를 먹어 치웠다. 저녁이 되자 어린 양들이 갑자기 순한 양이 되었다. 순한 양을 보러 몰려온 사람들 사이, 어둠을 뜯어 먹고 눈이 밝아진 양 한 마리가 철럭거리는 배를 깔고 되새김에 빠졌다. 양들의 침묵이 깊어 갈수록 그녀의 손뜨개질은 점점 더 부풀어 어린 양들을 주워 먹기 시작했다. 양 한 마리 양 두 마리…… 복슬복슬한 털 뭉치를 입고 눈 밝은 양 한 마리가 매지구름처럼 메에메에 말했다. 아기자기한 엄마를 입고 싶니? 뚱뚱해서 끝내 돌아가지 못한 양 한 마리를 들쳐 업고 그녀는 양털구름을 살았다.

여우가 출몰하는 골목

소실점으로 골목이 사라지는 찰나
여우는 나타나지
감광지같이 빛나는 푸른 안광에
골목은 형광등처럼 밝아지지.

감시 카메라의 눈도 여우를 포착 못 하지
한 점 의심도 없이 조리개를 펼치는 나팔꽃처럼
카메라의 소실점 너머
머시멜로처럼 달콤하게 길이 녹네.

믿음 같은 것은 이 골목에선 잊어버려요
돌같이 단단한 믿음조차 달콤하게 사라지는 골목
발밑을 벗어난 적 없는 가로등 불빛도 믿을 수 없다.

의심은 블랙아웃된 화면에 겹쳐지는 잔상 같은 것이
라네.

귀신처럼 여우가 나타났다 사라지는 동안
골목은 여우의 천성을 착실히 본받지.
꼬리가 아홉이라 들킬 염려도 없고

꼬리 하나가 사라지면
곧바로 꼬리를 환하게 쳐드는 민첩함까지
모두 골목이 갖춘 덕목이지.

골목 끝 집에서 아이 우는 소리
또각또각 꼬리를 불규칙하게 끊으며
여우가 돌아오고 있다.

보성 녹차 병을 비트는 순간

한 번도 가 본 적 없는 보성 녹차밭을 생각하며
병마개를 왼손으로 비틀었다.
왼손으로 비틀고 오른손으로 잠궜다.
녹차의 즙액들이 내 혈관을 누비는 동안
보성 차밭의 녹차 잎을,
그보다 더 먼 차마고도 푸얼차를 생각한다.

살찐 암말의 엉덩이에 코를 박고 수말을 모는,
마방의 소매부리를 잡고 늘어지는 바람의 이마는 반들
반들하지.

한 잔의 녹차가 시가 되는 순간이 있다면
천신만고 끝에 마시는,
장족(藏族)의 아낙 곱은 손으로 따라 주는
한 홉의 따뜻한 입김이 아닐까?
주전자처럼 까맣게 손이 그을도록
녹차를 우려먹고 또 우려먹고

나는, 한 번 가 본 적 있는 보성 푸른 밭머리를
더 먼 차마고도, 그 어둑새벽

몰이꾼들을 떠올린다.

나는 병마개를 오른손으로 비틀었다.

오른손으로 비틀고 왼손으로 잠겼다.

꽃의 이데아

꽃나무를 전송한다.
사각의 틀 속에 바람을 얹거나
꽃향기와 어떤 작은 음모까지 몰래 내장한다.

방금 알을 낳고 소리치는 암탉의 날갯짓, 그 깃털의 미세함까지.
어느 사이 조리개를 열고 나를 관찰하는
제라늄 빨간 눈도 오린다.

잎을 따 낼 때마다 비늘 자국 문신을 박는
케일의 툭툭 불거진 잎맥들 사이 오르내리는 물소리도 함께

영산홍 가지마다 투명한 뼈로 녹고 있는 봄의 기미도
눈치채지 않게 스크랩해 두고
언 땅속 수선화 더욱 둥글어지는 어둠도 뾰족하게 복사한다.

한 점 의심 없이 찢어지게 벌리는 꽃들의 음부
주둥이를 박고 단물에 취한 벌새의 포즈까지

젖거나 가라앉거나

뿌리가 흠뻑 젖어 시드는 꽃의 환한 퇴로까지

가볍게 당신에게 전송한다.

너를 울어도 좋은 밤

붉은 목젖을 드러내 놓고 어미를 부르는 어린 새의 발톱이 움켜쥐었다 풀어 준 꽃 붉다. 붉다 못해 검다. 그 검은 입구를 찢어져라 웃으며 꽃은 피어나고 붉은 휘장들 사이 걸리는 새파란 하늘

덜 여문 날개를 버리며 흩어지는 바람, 속도를 가지기엔 아직 멀다.

돌멩이처럼 치솟다 떨어지는 첫 비행, 풋것의 비린내가 뭉클 번지는 저녁이다.

울음이 음악이 되기까지, 폭약처럼 터지는 피톨들이 날개에 실려, 새의 미래는 천천히 도착하는 중이다.

어미를 떠나 실패하기 좋은, 너를 울어도 좋은 밤이 비로소 준비되어 있다.

바람의 혀

　저렇게 날렵한 혀가 있다니, 서로 엉기고 협력하는 혀. 시끄럽지 않고 분주한 활기로 가득 찬 고요가 몸을 입고 보여 주는 것들. 바람이 꽃가지를 흔들고 가면 환하게 피어나는 혀. 햇솜 같은 구름과 팥알만 한 우박과 비와 얼굴에 번지는 잔잔한 저녁의 대기까지.

　뼛속까지 차오르는 열기로 피는 혀가 있다.

　바람의 온기가 보태져 혈관이 달아오르고, 캄캄한 눈은 동굴처럼 팽창한다.

　객혈을 쏟아 내며 샐비어의 밤이 지나가고 있다. 고양이 발걸음으로 사라지는 흔적들, 연분홍 선명한 손자국들 우수수 빠져나간다. 문을 두드리는 저 날렵한 꽃잎들의 소란.

　깔깔해지는 창 주위로 몰려드는 저 바람의 친화력. 가만히 젖는 뿌리들, 꽃이 피어나고 있다.

사막의 눈물

그 하루는 발을 접은 채, 아코디언처럼 주저앉아 펄렁펄렁 울어 보고 싶었지요.

족적을 남기지 않고 허공을 버리는 새나 선인장 가시만한 의지라도 있었다면,

모래 산이 무너져라, 울었을 거예요.

그러면 거기 어디쯤 바다가 뒤척이며 내 부르튼 발목을 적셔 주었겠지요.

무릎이 닳도록 걸어간 낙타의 발등으로 선인장의 눈물이 떨어지고 흉터들은 아물기 위해 더 많은 잔가시를 쏟아 냈어요.

솜털처럼 박히는 가시는 사막을 떠돌다 상처보다 붉은 꽃으로 피었어요.

그 흉터를 열면, 나를 열면, 쏟아지는 모래바람 가득합니다.

더러는 실눈을 뜨고 제 속을, 꽉 찬 투명함으로 비워 내는 일은 선인장이 이룩한 한 방울의 절망이었습니다.

나는 얼마나 많은 모래 산을 울어야 저 상한 발목을 납작납작 접어 간직할 수 있을까요.

46

뜨거운 폭풍 뒤, 또다시 모래바람이 불어오면 나는 붉은 눈,

　선인장에 깃든 울음을 가시처럼 쏟아 내겠습니다.

있고 없고

    생각을 하는 내가 있다. 그 생각이 나라면 몸을 잊은 채 나는 지금 휘발 중이다. 허공 높이 올라가 중력에 몸 맡긴 채 흘러가는 강물을 따라 나의 생각이 나라면 나는 지금 캄캄을 여행 중이다. 캄캄은 미처 채굴하지 못한 기억의 서식처, 몽글몽글하거나 말랑말랑한 반죽, 일테면 캄캄이 고인 흑염소탕이 되기 전의 염소, 고삐도 없이 매여 있는 흑염소 결박을 끝내 끊지 못하고 고여 있는 어둠. 저 검은 웅덩이, 인간에게 끝까지 염소로 남는 것처럼. 자신이 염소인 줄도 모르고 사는 염소. 저 검은 짐승이 이미 내 생각이다. 바삭바삭 부서지거나 시드는 저 나뭇잎의 일생을 지나 되새김 속에 내가 있다면, 나는 두엄 더미에 버려진 헌신짝의 기억까지 쫓아가리라. 저 캄캄을 질겅질겅 씹으며, 소환당한 기억 그 어디쯤 나는 공터를 떠도는 바람. 어디에도 없고 어디에도 있다. 다만 조금씩 휘발되거나 천천히 마모되는 나 이전의 나로 돌아가는 중이다. 이윽고 티끌이 되기까지.

쇠뜨기

침엽수처럼 빽빽한 쇠뜨기 잎, 그 뿌리는 너무 깊어 염라대왕의 부젓가락으로 쓰인다는데, 원폭을 맞은 폐허에서도 제일 먼저 싹을 틔운다는데, 이삭 하나에 포자가 이백만 개나 더 된다는데, 노랗게 익어 날아갈 준비를 끝낸 포자들의 군무는 아름답다는데……

탄사(彈絲)의 포자 ― 쇠뜨기, 쇠뜨기, 쇠뜨기.

지독한, 저 과잉, 집단의 결핍.

유연한 관절은 견딤이 아니라 직선을 탈출할 때의 나머지, 무한의 포즈이다.

어두운 발에 악착같이 달라붙는 잠을 뜯어내며 '여기'라는 낭떠러지, 결코 포기할 수 없는.

유전을 탈출할 수 있는 기회는 언제나 쇠뜨기 이전이다.

우물 이후

　침묵이 오래 쌓인 공간이 우물이라면, 그곳은 수다가 시작되는 지점이다. 텅 빈 노구에 고이는 어둠, 공허 속에 발을 헛디디지 않기 위해 노인들은 무의미한 말들을 쏟아 낸다. 혼잣말 안부를 지나 사소한 지혜로 포장된 수다를 넘어, 저 조갈증. 우물은 마른 지 오래다.

　한때 우물은 끓어 넘치는 소문들로 아낙들을 불러 모아 수다스럽게 강으로 흘러갔지만 우물 바닥이 드러나고 목마른 노인들만 남겨졌다. 우물을 견디기 위해 거품을 문 노인들이 소리 소문 없이 하나 둘 우물을 떠나서는 목련 나무로 돌아와 밤새 지저귀었다.

　물관을 열어젖힌, 저 무채색의 결핍, 나무는 며칠이고 흰 말들을 쏟아 냈다. 노인들은 입을 벌리고 깊은 우물에 빠졌다.

붉음의 형식 1

어두운 살 아래 뿌리로 찢어지는 비명이 있어 꽃밭은 가장 난해한 체위로 얼크러진다. 단물이 빠진 꽃 캄캄히 울때 그 여자, 뚝뚝 지고 있었네. 가끔 직립의 체위를 꺾고 쓰러지는 자작나무의 밤도, 꽃잎의 뒤척임으로 울고 있던 여자의 속살에 뿌리를 내렸네.

냉대기후처럼 단단해지는 바람은 그녀의 발목뼈에 얼음으로 박혀, 온밤 뜨겁게 목울대를 오르내렸네.

붉다는 것은 미처 빠져나오지 못한 바람의 비명이거나, 그 여자의 사진첩 갈피에 납작하게 엎드린 노을 같은 것.

또는, 아주 낮은 채도로 쓰러지는 고원의 구름이거나 그 아래 아픈 다리를 끌고 가는 짐승의 그림자, 미친개가 방고래를 가로질러 쓰러지며 토해 내는 최후의 울음이거나.

사냥의 기술

새 떼가 몰려와 홍시를 쫀다.
단물이 튄다.
골목이 잠시 단내에 취한다.

감나무 아래 낮잠을 자던 들고양이
새를 보고 눈빛이 빛난다.

감나무를 올려다보며 고양이가 소리를 낸다.
다친 새소리 같기도 건조한 바람 소리 같기도 한
깍깍깍깍… 쌕쌕쌕쌕… 쓰쓰쓰쓰…
고양이가 새소리의 패턴과 파장을 익힌 걸까?

자신의 낌새를 지우기 위해 척추를 최대한 늘려
느릿느릿 나무에 오르는 고양이
새들은 여전히 홍시에 정신이 팔려 있다.

고양이가 손을 뻗치자
홍시처럼 새가 떨어진다.
눈 깜짝할 사이
새의 목덜미를 물고 있는 고양이

'짹, 소리도 못 한다'는 말을
눈앞에서 보고 있다.

고양이에게 채터링(chattering)은 하나의 속임수,
사냥의 기술이다.

제3부

봄의 연서

어쩌다 저수지 근처로 날아와 일가를 이루었는지요. 천성이 수성인 줄 진작 알았지만 생인손 앓던 손모가지마저 물 따라 길을 냅니다. 버드나무는 겨우내 저수지와 꽝꽝한 몸이 되었다가 경칩 지나 우수, 곁방 논배미 넘치도록 찰랑거리는 무논 따라 꼭 이맘때 한 번 저수지를 허리께까지 감아 봅니다. 그 순정에 찰방찰방 허벅지를 담근 봄밤 덩달아 부드럽게 눈을 뜨는데요, 홧홧해진 몸 식히러 나온 개구리들 설익은 꽈리 터지는 소리로 짝을 찾아 어불랑을 붙는데요, 수다스러워지기 전의 봄 소요들이 저수지 가득 떠다닐 때, 물속까지 뻗친 생명의 기미가 대기를 휩쌀 때, 저수지는 일 년 중 가장 경건한 시간을 펼쳐 놓습니다.

겨우내 저수지를 똑, 똑 건너던 고라니 발자국도 지우고요, 얼음장 아래 미움을 새기던 이무기의 그 밤도 지우고요, 저수지는 천진한 아이처럼 펄럭입니다. 그 풍경 한 가운데를 부욱, 찢어 시퍼런 물 콸콸 정수리에 맞으며 펄떡이는 심장을 이식하고 싶은 날입니다. 버드나무 저수지 따스한 별빛 한 점 눈먼 물고기의 길을 밝힙니다.

●어불랑: '흘레'의 경상도 방언.

목숨들에 쓰다

그대여, 닭장 바닥에 엎드려 죽음의 그림자를 끌고 먹이를 먹는 짐승이 아프다고 쓴다. 아프면서 먹고 죽어 가면서 먹는 것이 생이라고 쓴다. 삶은 없고 목숨만 남았을 때, 그 목숨이 너무 경건하게 제 목숨을 받드는 것을 보았다고 쓴다. 그대여, 개나리 꽃잎 환했던 햇살의 목숨으로 왔다가 불현듯 까맣게 잦아드는 빛이 있었다고 쓴다.

잠시 환하던 봄날을 폭풍으로 거두어 갈 때 생은 아름다웠다고 말할 수 있나. 참혹하게 아름다운 것이 생이었다고 말할 수 있나.

그대여, 나는 이제 아무것도 알 수 없어졌다고 쓴다. 누군가의 인생 속으로 엉기어 왔다가 툭, 끊고 사라져 버리는 것들에 대하여 모른다고 고백한다. 고통을 미래의 시간 속으로 보내는 순간들에게 죽음조차 목숨의 일부로 살아 내는 간곡함이 고맙다고, 잠 속에서도 눈물 나는 저녁이라고 쓴다. 미물들이 소리를 버리고 침잠하는 순간을 경배한다고 쓴다.

그대여, 허공에 맘을 둔 땡감나무의 한 점 붉음,이라 적는다. 더는, 안녕이라고 적는다.

숲의 이데아

푸른 두레밥상을 펼치는 가죽나무
금방 건져 낸 싱싱한, 비의 만찬이다.

한 번도 움직여 본 적 없이
나무의 일생을 사는 건
저 산그늘 덫에 걸린 탓이다.

가죽나무는 가죽나무끼리 숲을 뛰쳐나가
내친김에
더 큰 산을 넘어 산맥을 누비는데

칠팔월 끓어오르는 서슬 퍼런
저 용광로, 산비알 밭뙈기까지 삼킨다.

심장 터지고 남을 몇 만 톤의 물을 움켜쥔
더 큰 우레, 녹음을 장전하고
봉화, 철암 지나 태백

탄맥으로 처박히는, 저 푸른 폭약 더미.

잣나무 숲의 밤

잣 숲으로 오는 밤은 고슴도치 얼굴로 숨어든다.
밤마다 돋아나는 혓바늘 뾰족하게 다듬어 촘촘한 그늘
이 되기까지.

미움을 되새김질하는 동물은 사람밖에 없다는 생각을
하면서 잠드는 밤은
어김없이 이빨을 간다.
그 밤은 멧돼지의 생을 산다.

새끼를 거느리고 수확기의 밭을 갈아엎는 저 광포한
허기는
고구마밭 하나로 해결되지 않는다.

언제부턴가 나는 현실의 무기력함이 폐기된 식욕이라
는 것을 알았다.
저 잡식성 동물의 잔반 찌꺼기 같은, 식욕은 의외로 완
강하다.

꿈속의 나는 식은땀들의 서식처에서 침엽수의 잎이 빽
빽하게 돋아나는 것을 본다.

헛증은 식물의 푸른 생피를 온몸에 쥐바른다 해도 끝나지 않는다.

온몸 흠뻑 젖어 어쩌다 정신을 차려 보면
잣나무 아래 빳빳한 갈기털을 떼어 내고 있는 나를 만난다.

어느 사이 손바닥 가득 멧돼지 털이 수북하다.

오후의 산책길

메꽃이 햇귀처럼 밝게 쓰러진다.

예초기에 베여 사방으로 쓰러진 풀들이
시들면서 냄새를 풍긴다.

풀도 아프다는 것이다.

농사꾼인 김 씨에게는 달맞이꽃도 여뀌도 바랭이도
모두 이롭지 않은 잡풀이다.
익모초(益母草)만 남기고 풀을 깎는 김 씨, 노모 생각을
했을까?

독약같이 쓴 익모초
예전에 어머니는 저 검은 즙으로 속병을 다스렸다.

하지가 지나면 말라 죽는, 스스로 죽을 때를 아는 풀
보다
사람이 나을까?
생각에 붙잡혀서 더 먼 길을 돌았다.

'개똥밭에 굴러도 이승이 좋다'고,
궁리가 많은 내게 어머닌
늘 이 말을 위로처럼 하셨다.

그러나 때론 개똥밭이 왜 안 지겹겠는가.

아무리 걷고 또 걸어도 늘 제자리로 돌아온다면,
질문을 거꾸로 돌려주어야 하나.

묻어 떼기를 하는 식물처럼 언제나 출발점에 와 있다.
처음부터 도망갈 길은 없었다.

칠월의 편지

　납작하게 자라지 않는 지붕들에서 날개가 돋아난다면, 더부살이로 딸린 비닐하우스가 구름으로 날아가고 허구한 날 마당을 내려다보며 심심해서 땡감을 떨어뜨리는 감나무가 옹알이라도 했으면 좋겠어.

　어느 날 기르던 개가 전화를 받고 주인에게 문을 따 준다면, 구두를 닦아 준다면, 날개를 펄럭이는 파초 잎이 너울너울 봉황이 되어 날아와 준다면, 대문 옆 벽오동의 오랜 기다림이 끝날 텐데, 내겐 그런 재주가 없어. 미안해. 하지만 병아리들의 어미 노릇은 착실히 할 수 있지. 병아리가 즐거운지 어디가 아픈지 배가 고픈지 어미 닭보다 더 잘 보살펴 준다니까. 당신이 원한다면, 하루 종일 울어 줄 수도 있을 텐데. 그 긴 울음으로 아버지의 오랜 잠을 깨울 수도 있을 거야. 아버진 예부터 우는 소리에 민감하시니까 아마 호창거리는 버드나무 가지를 꺾어 종아리에 버드나무 감각을 새겨 줄 거야. 아버진 목(木), 목인(木人)이었거든 버드나무 말고도 도리깨나무, 싸리나무, 노간주나무, 아까시나무, 추자나무, 부드러운 댑싸리의 착착 감기는 감각까지 가지고 있는걸. 당신은 어떤 감각을 원하는 거지? 나이테처럼 새겨진 이 감각들을 나누어 줄게. 살아가다 보면 한두 개쯤은 필요할 때도 있을 거야. 싫증나지 않는 하루가 필요하다면 저 무수히 피고 지는 들꽃들의 이름을 다정히 불러 줄 수도 있어. 참, 당신의 누옥같이 외딴 마음에게 길고 긴 푸른 편지도 써 줄게 당신, 초록빛 당신.

목련의 시간

　도자기를 빚던 손으로 만두를 빚고 조각보를 깁는 여자. 목련이 몰려오기엔 이른 계절 여자들의 수다가 목련나무에 조롱조롱 열리는 오후. 산그늘 보자기만큼 자리를 넓히면서 겨울 저녁은 온다. 어김없이 귀가하는 주인을 반기는 황구의 시간도 보태고 잎을 버린 나무의 결기로 한 땀한 땀 어둠을 깁는 목련, 꼭꼭 접힌 주름 층층구름의 마음, 뾰족한 바늘 끝이 가리키는 가지마다 꽃으로 늙어 갈 꽃눈 점점으로 박힌다. 한때 싱싱한 꽃주름을 접어 보던 여자의 손끝, 조각조각 기워지는 애기보만 한 어둠은 씨앗의 눈을 가질까. 늦은 겨울의 끝, 수다에 지친 저녁의 반대쪽 누군가 창을 두드린다. 똑똑똑.

이별 대신 연뿌리를 심었네

—경희에게

불현듯, 연꽃이 보고 싶어 빗길을 휘적이며 연뿌리 종근을 받으러 가율리를 갔습니다. 장화에 달라붙는 진흙을 떼어 내듯 그것으로 꿈땜을 하자는 것은 아니었지만, 애장 터만 한 연못을 파고 연뿌리를 심는데, 연뿌리는 자꾸만 미끄러지고 내 손도 자꾸만 떨렸습니다.

퍼낼 수 없는 기억을 대신하여 흙을 파내고, 자갈과 박힌 돌을 빼내도 끝은 보이지 않았습니다. 바닥에 연뿌리를 모로 눕히면서 '아가만큼 환한 네 얼굴을 보여 다오.'
손의 감촉만큼 생생한 초록들이 편안한 녹색이 될 때까지 기다려 보자는 속셈이었습니다.

그 밤은 꿈 없이 지나가길 바랐지만, 가시연을 꺾어 든 아이 하나
캄캄한 연못을 말없이 들여다보고 있었습니다.

뾰족한 연꽃 눈에 눈을 맞춘 아이의 등을 바람이 가만히 쓸고 지나갔습니다.

붉음의 형식 2

구리선이 장수매화나무 숨통을 조르고, 희미해지는 맥
박 끝
붉은 눈물 한 점 꺼내 든다.

붉음이란, 고통과 쾌락의 형식.
가두고 자르고 목을 조이는 고문의 포즈로 완성하는 것.

갈증과 죽음에 대한 조바심으로
죽어 사는 생을 뾰족하게 각인시키는 것.

붉다는 것은 극한의 고통이 기쁨과 내통하는
수형(樹形)이 보여 주는 온갖 몸짓.
곡선을 다한 최후의 착지.

저 죽음의 무도
머리꼭지까지 붉어지는 발작.

붉은 형광등 아래

꽃이 피었다.
낱낱이 제 이력을 밝혀

마블링이 근육을 송곳처럼 파고들 때
통증으로 활짝 피어난 살
쾌적한 냉기로 더 싱싱하고 붉다.

칼이 스쳤던 자리
거짓말처럼
꽃이 피었다.

정육점 바깥
칸나꽃
칸나꽃

감기

알약을 삼키고 밍꽃 벙그는 소리를 듣는다. 꽃가지마다 맺히는 기침들과 문풍지에 내려앉는 고양이 털 순해지는 혈관 어디쯤. 당신이 다녀갔나?

약효가 떨어진 꽃이 시나브로 지는 숲을 따라 당신을 따라나섰다.

혼자 깨어 끓는 이마와 제라늄 붉은 골목을 지나 그만 얼룩덜룩, 길을 잃었다.

십이월인데 비가 자주 내렸다. 웅덩이에 어둠이 오목해지는 것을 오래 들여다보았다. 찌푸린 구름이 검은 밤을 건너갔다.

당신에게 닿을 수 없는 말들, 점차 창문처럼 딱딱해지는 혀, 당신이 오지 않는 밤에도 두 귀를 현관에 걸어 두었다.

그 겨울 초입, 구석구석 더 깊어지는 어둠을 듣다 잠들었다.

가끔 친근하게 내 다리를 뱅뱅 감는 길고양이와 놀기도

70

했다. 그에게는 날카로운 발톱이 있고 우리의 우정은 늘 어긋나는 꽃잎처럼 헛돌았다.

서가에는 바짝 마른 말들과 납작해진 혀들, 입술을 포갠 채 바래 가는 또 다른 계절이 있었다.

유리온실을 지나 빙하를 건너 이국땅을 돌고 온 바람은 목울대 가득 울음을 달고 나타났다. 얼음덩이에 갇힌 눈물이 움트는 기척을 멀리서 들었다.

송곳으로 파고드는 한기를 이불 속에 묻어 두고 외출을 했다.

밍꽃 하얀 구토의 밤이었다.

●밍꽃: 목화.

포도나무밭

고압선이 지나가는 포도나무밭
덩굴손을 감은 채 말라 간다.
쥐어짤 눈물도 없다.

가뭄 탓인가

만단수심(萬端愁心)에 갇힌 조막손
뜯어말리고 싶다.

한 뼘 한 뼘 고압선까지 뻗어 나가
번개라도 맞으면
심장에 푸른 피 돌까

아귀 맞지 않는 봉지들
전류 흐르는 소리로 떤다.

코르셋이 몸을 꽉 조일 때까지
달콤함은 아직 멀다.

수확기가 다가오자 더 옹기종기

죽을힘을 다해
멍들었다.

맨드라미

처음부터
빨갛게 끓어오르진 않았다.

빈집
우체통 곁에
함께
눈비 맞고 오래 기다려 주다가

날이 갈수록
날 선 독촉장에
속을 있는 대로 끓였다지.

그 여름
죽은 목소리를 뒤집어쓰고
끙끙 앓았단다.

수위를 넘긴 우체통
언제부터 수취 불능 상태였는지
기억이 가물가물 할 때쯤

맨드라미 껴안고 악을 쓰다가
독기 빠진 글자들
씨앗으로 콕콕 박혔단다.

죽은 편지를 들고
조문조차 꿈꿀 수 없었던 그해 여름

수취 불능을 끄고

맨드라미
천천히 죽어 갔다.

제4부

저녁의 이사

아무도 궁금해하지 않는
생의 바깥

마른 다리를 핥던 고양이 울음
시장기로 풀이 죽는데
날은 저물고

이삿짐을 싸다 말고
꽃을 캔다.

파산을 하고 소식 끊은 딸이 하마나 올까
삽짝이 기울도록 기다리시던 어머니 곁에
토종 국화꽃

흙을 거머쥔 잔발을 떼어 놓는데
반쯤 뭉개진 햇빛들
손 하나 더 얹어 간다.

붉어지다 붉어지다 입술이 터진 꽃
마침내 검붉은 잇몸으로 물크러질 때까지

우리는 비바람을 맞으며 그 저녁을 건너왔다.

옴팡한 꽃자리를 들출 때마다 축축하게 돌아눕던 가
족들
시큰거리는 무릎을 세워 빈 젖을 물리고
여기까지 왔다.

열렬한 맘도 없이 꽃 몸살 앓던 그 밤
꼬약 한입 베어 물고 나 함께 물크러졌던가?

시큼한 저녁의 바깥
꽃 가족

토종 국화 맷방석만 한 저녁상을 차리고

우린
또다시
그 저녁을 건너갔다.

●'삽짝'은 '사립문', '꼬약'은 '오얏'의 경상도 방언.

줄기차다

톱날 속으로 재단되는 죽은 나무를 지켜보면서
그해 여름
개오동나무는 서슬 퍼렇게 그늘을 넓혀 나갔고
장상동 연립주택과 무허가 목재소를 차례로 삼켰다.

나는 덫을 놓고 죽음을 기다리는 사냥꾼처럼
잠이 오지 않는 밤엔 옥상을 들락거렸다.

가끔은 산짐승처럼 웅크린 내 죽음을 만져 보고 싶었다.

개오동꽃이 터지기 직전까지
밤마다 잠을 덮치는 억센 잎사귀의 지옥처럼
줄기차게
빚쟁이들이 몰려왔다 몰려갔다.

마침내
개오동 꽃가지
두꺼운 그늘을 하얗게 먹어 치우던 날
파산선고를 하고 도망치듯
장상동을 떠났다.

줄기차게 자라던 개오동 그늘이
사실은
속이 환한
내 안의 살의였음을 몰랐다.

붉은 눈꽃이 피다

날갯죽지 사이에 가만히 칼을 대는가 싶더니
금세 장닭이 자부라진다.

붉은 피 녹다 만 눈에 꽃잎처럼 엉긴다.
올 봄 저 목단 꽃빛 더하겠구나

목단 꽃잎 뚝뚝 따듯
재래종 닭 벼슬을 화단에 던지며
'살다 보니 백정이 다 됐어야……'
수줍게 눈을 내리깔던 사촌이
펄펄 끓는 물에 닭튀를 한다.

사촌이 병들어 누운 간이 침상
심심풀이 화투패에까지 달라붙는
가금류의 비린내
비, 풍, 초, 똥, 팔, 삼, 순서대로 패를 던져도
해소되지 않는 세월

바람이 불고 비가 오고
꽃이 피고 꽃이 지고

사계가 몸 안에 얼크러져 눕는 동안
빈 둥지를 틀다가 흩어지는 새 떼들

마당귀, 목단나무
붉은 꽃잎만 뚝뚝 떼어 내고 있었다.

실업의 계절

문득 양철 지붕으로 콩 한 됫박 흩으며 내리는 빗소리.

컨베이어 벨트를 타고 흘러가는 손가락 사이사이 끈질기게 달라붙는다.

상하차 작업이 끝나도록 저 아교질의 기계 소음, 비 내리는데

따뜻한 자판기 커피 한 모금 혈관을 데울 동안

대전, 부산, 목적지별로 흘러가던 박스도 움찔움찔 젖는다.

물류 센터 앞 공터

어지럽게 찍힌 발자국, 칸나꽃도 천근만근 젖는다.

일당처럼 가볍게 떨어지는 은행잎,

그해 은행나무는 가장 투명하게 잎을 쏟아 내고 있었다.

장마전선

새처럼 가벼워지기 위해 저리 시끄럽게 우나
막을 수 없는 무당개구리들의 맹렬한 아가리다.

찢긴 날개를 앞세우고 비는 언제나 한 발 먼저 떨어지
지만
네 속의 검은 아가리, 한결같은 허기에 시달리고

내 어린 날의 비린 눈물까지 보태
빗줄기를 다 쏟아부어도 채워지지 않는 몇 마지기의
울음들

사지를 찢어 전력으로 달아나 보지만
어떤 사로잡힌 생의 가위눌림

귀때기를 후려쳐도 언제나 한 발 늦게 도착하는 중이다.

검은 비의 계절
—H에게

　발톱을 세운 빗줄기 묘비명을 할퀴고 물비늘로 떠돌다 참새귀리에 맺힌다 해도
　우리 함께 잠들지 못한다 서러워 마라.

　귓속, 나뭇잎 쏟아지는 속도로
　물이 쇠를 자르는 것쯤 강직한 투명이라고 해 두자.
　예감이 표적으로 꽂힐 때는 이미 늦으리.

　비문 속에 갇힌 너를 지느러미 힘을 다해 흔들어 보지만 퇴화한 날개로는 깨울 수 없다.
　갑문에 머리를 짓찧고 파꽃처럼 터지는 슬픔 같은 것, 강둑에 미끄러질 때
　벼 포기마다 엎어져 우는 울음들이여, 해독되지 않은 비문 속으로 사라진 너는
　천년을 묵어도 이무기가 될 수 없는, 찬피동물의 피를 뒤집어쓴 구름이겠구나.

　비 그치자 하늘이 사라지고 구름으로 날아간 묘비명, 거기 궁창이 열리고 너는 물고기 눈으로 깨어나고 있었다.

어미

도둑고양이가 새끼를 물어다 밤나무 밑에다 둥지를 틀었다.

제 어미를 쏙 빼닮은 흰 줄무늬 털이 부드러운 밤송이다.

누구도 할퀴어 본 적 없는 분홍 애기 발톱은 연한 햇가시다.

저 애린 것이 밤꽃을 생선 뼈라도 되는 양 핥아 보다가 운다.

어디서 오는 걸까
어미 고양이가 새끼를 부르며 오고 있다.

뽀얀 입으로 장에 다녀오던 어머니도 새끼를 부르며 허기를 참았을까.

젖을 물린 어미는 눈을 지그시 감는다.

분봉(分蜂)

해가 설핏 기울 무렵
털옷 뭉치 같은 벌 떼가 어둠을 뭉텅 잘라
늙은 고욤나무에 고욤 바가지 엎어지듯 하는 거라.

일가를 이루는 여왕벌을 두고

'나캉 살자 나캉 살자'
'천년만년 나캉 살자'

수수비로 벌 떼를 쓸어 담던 강 노인은
그해
세상을 분봉(分封)하여 꺼먹골 문중 재실 말석을 차지
했는데요.

생전, 역마살을 분봉으로 대신하느라 속이 벌 떼같이
끓었다는데요.
더러 할마씨의 암행이 말벌처럼 들이치기도 하고요
그때마다 그 할마씨 무슨 음전한 생각으로
조용히 문턱도 넘지 않고 돌아갔답니다.

그런 옛일을 두고

'워쩌면 그런간디…… 젊을 적 할마씨 속을 을매나 썩
였으면 그란당가'

늘 김장을 담가 주던 회장댁 안주인의 눈이 곰곰 깊어
집디다.

섶벌처럼 노인이 떠나고 나자

노인이 침이 마르도록 자랑하던 맏아들도

할마씨도 모두 낯선 얼굴로 한자리에 모였는데요.

마당가 벌통의 벌들만 들락거리며 조문을 하고 있습디
다.

명태 보살

칼날을 뱉은 듯
다소 독기가 빠진 이른 봄
용문동 재래시장 모퉁이
덕장에도 못 간 명태족(族)
허름한 볕에 졸다 흔들리다 몸 말리고 있었는데

몸속을 죄다 비운 코다리를 들여다보며
그녀 산달로 차오른 배를 쓸어내렸다는데

삼거리 목대 공장 사장에게 몇 시간 시달리다
지척에 둔 집 버리고 숨어든 시장통 여관방
고린내 풍기는 명태를 걸어 놓고
배를 곯던 시절이 있었다는데

어느 꼭두새벽
귓속 들끓는 소리에 잠을 깨 보니
명태족들 제 몸 통째로 아침 공양을 드리고 있었다는데
눈뜬 채 열반에 든 듯 은은하게 흔들렸다는데

쌀밥을 아귀아귀 파먹듯 구더기들

그 맹렬한 식욕 앞에서
그녀 할 말을 잃었다는데

파도처럼 시간을 밀어내는 구더기의 수많은 곡선운동이
날개의 은유라는 것을
그녀는 알고 있었던가요?

잡풀

보도블록 틈새
잡초들 바람에 몸을 벼리고 있다.
빼빼 말라 오를 대로 오른 독기

잡역부 김 씨의 터진 구두
이 악물고 버티는
질긴 나이롱 실
같은

시장기로 발기발기 찢긴
쓰레기봉투 옆

떠돌이 괭이들도
한 번쯤 주둥이를 문질렀을

저 잡초

셔터가 내려진 구두 수선집 앞

봄의 행로

산초 기름을 넣고 무 달인 물로 감기를 다스리던
어머니가 문득 화전놀이 가고 싶다던 사월
진달래가 산마다 붉었다.

꽃나무들도 몸살이 잦아 붉고, 그 사이를 헤매다
어떤 결의에 가득 찬 빛깔로 한순간을 끝냈다.

저렇게 환한 통증이 아무는 봄 그늘에,
애증으로 엉킨 꽃잎들이 뒹굴다 잦아들었다.

입원과 퇴원을 번갈아 하던 뒷집 할아버진
지팡이를 짚고 걸음마를 시작했다.

간혹 꽃 진 나무 그늘 아래 다리쉼을 하며
방금 돋아난 풀잎 같은 얼굴을 했다.

도처에 봄이 깊었다.

경칩 무렵

씨눈을 따 낸 감자를 쪄 먹고, 그해 긴 봄 엄지발톱 두 개를 잃었다.

메밀나물 붉은 목이 서러워, 삼 씨 싹을 한 움큼 뜯어 먹고 얼굴이 가맣게 그슬도록 들잠을 잤다.

햇살이 아득한 경칩 무렵이었다.

봄바람 무릎 꿇은 자리 수선화가 새파란데, 빈 꽃대에 비가 긋더니 바람 냄새만 남기고 말라 갔다.

봇도랑을 따라 허파꽈리가 터지도록 암컷을 부르다가 경운기 아래 납작해지는 사랑도 있다. 장차 태어날 것들은 누군가의 죽음을 담보로 명을 점지받고, 무논마다 흐벅지게 핀 비린 우무 꽃다발, 까맣게 제 속을 들여다보며 개구리 알이 여물어 갔다.

짝짓기를 끝낸 개구리는 더 이상 울지 않는다.

수탉이 몇 번 목을 뽑아 겨우내 고인 이명(耳鳴)을 몰아내는 봄날

개울가 황 씨 노인이 낙엽을 태우며 꾸뻑꾸뻑 졸다가

널을 등에 지고 산으로 올라간 옛사람을 생각하며 꽃밭을 만들고, 꽃씨처럼 꼬부라져 낮잠을 잤다.

해바라기

내 몸은
달이 차고 기우는
서천의 늪 같고

그 늪이 가뭄에 갈라 터져
제 실핏줄로 매 짠
멍석 위 저녁 밥상 같고

마당귀 빌려
한 철 바깥식구로 서 있는
약 오른 땅감 늘어진 어깨 같고

그 어깨를 타고
저녁밥 자시러 나온
무당벌레 둥근 밥그릇 같고

해 지자
서서히 어깨를 쳐들고
고추꽃 반짝 눈뜨는
저녁 별 가득한 모판 같고

이 저녁

모든 고요가 마당가로 내려와

노역에 지친 몸들을 순하게 어루는

바람결로 가벼워지는 풀잎 같다.

●땅감: '토마토'의 경상도 방언.

할머니의 바다

　담배 댓진을 후비는 할머니의 오랜 습관, 뻐끔뻐끔 담
뱃대를 빨아 대는 곁에서 나는 할머니의 가는 손목뼈와 사
기그릇에 담긴 틀니를 만지작거렸지.

　자잘한 공기 방울들은 언제 지느러미로 돋아나는 걸
까? 붉은 잇몸을 드러낸 틀니 한 쌍, 버걱대며 할머니의
입에서 제일 밝게 빛났지. 지느러미를 몽땅 뜯어내고 쉬
고 있는 물고기,

　밤 내 덜거덕대며 돌아다니는 날엔 잇몸에서 날개가 돋
아 날아가 버릴 것 같았네.

　할머니는 꺼져 가는 흰 거품을 걷어 내고 소금 한 줌을
뿌려 두셨지.

　보름사리 바다 참꽃 봉오리만큼 은밀히 붉어지는 암컷
들의 알 주머니

　할머니의 쪼그라진 젖무덤도 조금 부푸는 시늉을 하네.
허리 살 아래 꼬깃꼬깃 접혔던

　꽃 한 송이 아무도 모르게 피었다 지는 봄 사리 때

　그날 할머니에게서 오래도록 바다 냄새가 났네.

　미역 오가리 같은 손으로 아가미를 정갈하게 말리시
는 할머니

비린내는 제 몸을 비벼 맡아 보는, 할머니의 초조(初潮)
같은 것이었네.

장곡사

어둠도 오래 품으면
묵향처럼 그윽해진다.

한뎃잠에 귀 밝은 댓잎도
옛말처럼 귀가 어둑할 무렵
풍경 소리 문득 고요하고
절 그림자에도 마른 산국 냄새가 났다.

장곡사로 오는 밤은 동짓달 장맛처럼 깊었다.

오감도(五感道), 감각의 윤리

세계는 우리가 생각하는 그것이 아니라
내가 살고 있는 그것이다
—메를로퐁티

김영범(문학평론가)

　20세기의 전반기에 있었던 세계사적 사건들은 철학사에 흔적을 남겼다. 두 번의 세계대전과 그사이에 발생했던 대공황 등이 18세기 이래 승승장구해 왔던 근대적 이성에 대한 의구심을 자아냈기 때문이다. 주지하듯이 양차 대전의 전범국이었던 독일 프랑크푸르트 출신의 지성들은 부정 변증법을 출범시켰다(『계몽의 변증법』, 1947). 이것이 계몽의 한계를 반성한 계몽이었다면, 좀 더 즉물적이거나 급진적인 차원에서의 성찰은 다른 쪽에서 태동되었다. 일테면 프랑스군 장교로 복무하기도 했던 메를로퐁티는 위에서 인용했듯이 세계를 지각 세계로 재정의했다. 오늘날 인지과학의 모태이기도 한 게슈탈트(Gestalt)라는 개념을 토대로 그는 근대적 주체성을 상호 주체성으로 대체하고자 했다(『지각의 현상학』, 1945). 그리고 레비나스는 타자의 얼굴을 내세운 윤리적 철학을 제안했는데, 나치의 수용소에 수감되었던 경험이 주요한 계기였다(『존재에서 존재자로』, 1947).

이들 철학적 탐구들은 이성에 전권을 부여함으로써 초래했던 인간 그리고 세계의 위기를 극복하기 위한 모색이었다. 이성의 광포함을 제어할 철학은 그러나 천명되는 것만으로 힘을 얻는 것은 아니다. 그랬다면 대전 이후의 냉전과 그것을 대체한 레이거니즘·대처리즘은 물론, 이 둘을 기수(旗手)로 하는 신자유주의의 세계화는 있을 수도 없었겠지만 우리가 아는 모습도 아닐 터이다. 대전이 종식된 지는 70년이 넘었으나, 도구로써의 이성은 여직 전쟁 중이다. 이것은 반성은커녕 상호 주체성에 대한 고려도 타자의 얼굴을 향한 관심도 결하고 있다. 요컨대 도구적 이성은 "타자의 문제와 세계의 문제를 무시한다"라는 메를로퐁티의 진단은 여전히 유효하다.[1] 아직도 도구적 이성만을 맹신하며 "자아의 고독한 죽음"만을 걱정하는 이들에게 레비나스가 전한 말은 이러했다. "타인의 죽음은 존재들을 소통 불능의 고독으로 던져 넣지 않는다. [왜냐하면] 분명히 이 죽음은 사랑을 키워 내기 때문이다."[2]

---

1 모리스 메를로퐁티, 『지각의 현상학』, 류의근 역, 문학과지성사, 2002, p.20.
2 E. Levinas, "L'autre dans Proust", *Noms propers*, Paris: Fata morgana, 1976, p.154: 서동욱, 『차이와 타자』, 문학과지성사, 2000, p.120에서 재인용.

인간-나무들의 근황

레비나스가 "분명히"라는 말에 담아낸 것은 '바람'이었다. 현실은 지지부진하다. 그래 왔다. 하니 우리는 예의 희망이 실현될 기미가 보이지 않는 세계에 거주한다고 해야 솔직하겠다. 박춘희의 시를 논하는 자리에서 철학사의 한 장면을 앞서 거론한 까닭은 이 시집의 곳곳에 가득한 죽음의 면면들 때문이다. 하지만 그의 시편들에서는, 레비나스의 소망과는 달리, 죽음이 곧바로 사랑으로 전환되지 않는다. 차라리 그는 메를로퐁티가 언급한바 "내가 살고 있는 그것"의 구석들과 거기에 거하는 우리 자신을 비춘다. 기실 "우리가 생각하는" 무엇이 아니라 우리가 감각하고 지각하는 세계의 단면들은 시의 오랜 관심사였다. 이 점에서 박춘희 시의 접근법은 놀랍지 않다.

그러나 근 20년 만에 내는 첫 시집의 시들이 등단작들과 가지는 거리를 간과할 수는 없다. 백석의 영향이 강하게 드러나는 작품들에서 그는 너무나 멀리 떨어져 나왔다. 유일하게 시집에 실은 데뷔작 「장곡사」는 "동짓달 장맛처럼" 깊고 그윽한 밤을 그렸는데, 박춘희는 그곳을 오감으로 물들였었다. 그동안의 시에서 이 점만 바뀌지 않았다고 해도 과하지 않다. 그의 과작(寡作)과 시에 나타나는 이와 같은 다채로운 감각의 발현은 같은 데에서 기인한다. 그는 시인으로 나서기 전에 이미 서양화가였다. 그의 시가 가진 미덕이라면, 이 사실이 시에 거의 나타나지 않는다는 점이다. 박춘희 시의 주체는 늘 우리 일상의 한쪽에 있다. 멀지도 가깝지도 않은 '사이'나 '바깥'은 그의 주체가 자주 서는 지점들이자 삶에 대한 사유가 발생하는 자리이기도 하다.

한 마리 염소가 울 때, 뒤따라 우는 염소들과 울까 말까 망설이는 염소들 사이 나뭇잎의 수다. 그 소리를 듣는 나와 울음을 털어 내는 달팽이 두 관 사이, 탄소동화작용을 하는 잎과 잎 사이의 맥락으로 이어진 울음들은 내 붉은 혓바닥, 가시가 돋친 지느러미 엉겅퀴, 나는 그 결과이다. 내 앞에서 울음의 효과처럼 찍히는 발자국 또렷이 돋아나는 저녁이다.
  백양나무 잎이 먹물로 번지는 어둠을 제 이마에 찍어 바르고 천천히 사라진다.
  이곳저곳 패인 둠벙으로 검은 짐승 절뚝이며 건너갈 때, 어둠의 경계에서 완벽하게 사라지는 염소와 나무들. 그 사이 나는 펄럭이는 울음 몇 장으로 서 있다.
—「사이」전문

시집의 들머리에 놓인 이 시는 전원(田園)의 풍경을 그려 낸다. 백양나무 언덕을 배경으로 여러 마리의 염소가 어우러진 광경은 평화롭고 익숙하다. 그런데 "울음"에 대한 염소들의 반응들에 사시나무 잎의 흔들림이 더해지면서 분위기는 반전된다. 염소와 나뭇잎의 소리들은 "달팽이 두 관 사이", 곧 주체의 뇌리에서 맴돈다. 그러다 벌써 "잎과 잎 사이의 맥락으로" 울음을 빨아들인 나무와 함께 그는 "울음을 털어" 낸다. 혀를 비유하는 "지느러미 엉겅퀴"는 그의 울음을 유발한 원인이 단지 존재론적인 데에만 있지 않고 관계에도 있음을 일러 준다. 관용어 "가시가 돋친"이 사용되었으니 말이다. 주체의 현재는 바로 그런 자신의 말들이 불러오기도 했다. 저 염소들의 반응들이 제각각이듯이 어떤 말들은 공명되지 못한다. 이것이 우리가 종종 사람 사이가 아닌 위와 같은 장소를 찾아가는 연유이다. 하지만 그조차 근본적인 해결책일 수는 없다. 저렇게 저녁이 오면 "펄럭이는 울음 몇 장" 거둬들이고 도로 사람 사이로 돌아가야 한다. 뚜벅뚜벅 찾아오는 어둠은 어서 그래야 한다고 독촉한다. 나무처럼 계속 거기에 서 있을 수는 없는 노릇이다.

그래서일까. 박춘희의 시에서 인간은 나무에 가깝다. 쉽사리 제자리를 뜨지 못한다. 저 풍경조차 서성이다 닿은 주위이기 십상이다. 일테면 「우물 이후」를 펼쳐 보자. 이 시에서 노인들이 뱉어 내는 무수한 "흰 말들"은 "침묵이 오래 쌓인" 탓이다. 관계에의 갈증이 그들을 그리 만들었다. 그런데 주체가 메마른 우물을 노인과 동일시하여 그 "텅 빈 노구에 고이는 어둠"을 발견해 낼 때, 함께 밝혀지는 것은 그들이 남겨졌다는 사실이다. 그러니 외딴 곳의 목련나무가 피워 내는 꽃마냥 그들은 아무도 돌아보지 않는 "무채색의 결핍"이다. 수다스럽기까지 했던 한 시절이 지나자 우물은 "깊은" 우울이 잉태되는 장소가 되어 버린 것이다. 그러나 노인들은 달리 갈 데도 없으니, 그들이 젊음을 보냈던 곳에 묶여 있다가 스러질 뿐이다. 하여 그들이 우물가에 심었던 목련나무만 그들이 존재했음을 간혹 자신들과 타인들에게 일깨워 준다. 그러므로 나무는 그들 자신이다.

　반대의 경우는 「무덤의 바깥」에서 찾을 수 있다. 자식들은 모친이 좋아했던 목련나무를 무덤 옆에 심음으로써 그녀를 기억한다. 자식들에게 그것은 모친과 다르지 않다. 그러나 그들이 그곳을 찾은 봄날의 목련꽃은 새삼스러운 대비로 다가온다. 「우물 이후」에서 보았던 "무채색의 결핍"은 꽃의 아름다움이 노인들의 부재를 환하게 상기시키기 때문에 가능한 표현이었다. 주체와의 거리가 더 가깝다는 사실 외에는 이 시에서도 형편은 비슷하다. 자식들의 슬픔은 목련의 꽃잎이 역설(力說)하는 모친의 부재가 일깨운 것이다. 그리고 무덤 곁에 선 그들의 눈에 몇 번의 눈물과 더불어 매해 봄 비칠 꽃은, 자식들을 목련나무와 등치시킨다. "다른 봄을 울고 온다"(「무덤의 바깥」)라는 진술은 여기에서 나왔다. 이 문장의 주어 '봄'은 이 장면이 반복될 것임을 확인해 준다. 자식들을 대신하여 무덤을 지키는 저 나무는 따라서 그들의 분신이다.

줄기, 차다

　나무-인간이라는 박춘희 시의 상징은 어디에서고 뿌리 내리고 살 수밖에 없는 인간의 숙명을 가리킨다. 앞에서 살핀 시들의 배경에서 떠들어 나와서 도시의 "보도블록 틈새"마다 "이 악물고 버티는/질긴 나이롱 실/같은"(「잡풀」) 사람들에 대한 주체의 시선은 그러므로 애틋하다. 예컨대 어느 도시 귀퉁이 재래시장 한편의 여관방에서 "배를 곯던" 만삭의 여인이 아껴 걸어 둔 코다리에 구더기가 들끓는 기막힌 상황을 제시한 다음, 주체가 마지막에 건네는 말은 곰실곰실한 벌레들의 움직임이 "날개의 은유"라는 것이었다(「명태 보살」). 이것이 여인의 회상을 전해 들은 주체가 그녀가 다하지 않은 말들을 길어 올린 것임을 추론하기란 어렵지 않다. 살기 위해 아등바등하는 미물들이 그녀에게 힘이 되어 주었음은 물론이다. 박춘희 시의 주체도 마찬가지다. 아래는 시인과 시의 주체가 근사하게 겹쳐지는 시이다.

> 톱날 속으로 재단되는 죽은 나무를 지켜보면서
> 그해 여름
> 개오동나무는 서슬 퍼렇게 그늘을 넓혀 나갔고
> 장상동 연립주택과 무허가 목재소를 차례로 삼켰다.
>
> 나는 덫을 놓고 죽음을 기다리는 사냥꾼처럼
> 잠이 오지 않는 밤엔 옥상을 들락거렸다.
>
> 가끔은 산짐승처럼 웅크린 내 죽음을 만져 보고 싶었다.
>
> 개오동꽃이 터지기 직전까지
> 밤마다 잠을 덮치는 억센 잎사귀의 지옥처럼
> 줄기차게
> 빚쟁이들이 몰려왔다 몰려갔다.

마침내
개오동 꽃가지
두꺼운 그늘을 하얗게 먹어 치우던 날
파산선고를 하고 도망치듯
장상동을 떠났다.

줄기차게 자라던 개오동 그늘이
사실은
속이 환한
내 안의 살의였음을 몰랐다.
　　　　　　　　　　　　　　　　　　　—「줄기차다」 전문

　목재소와 이웃한 연립주택에 주체는 거주한다. 끊이지
않는 소음을 증폭시키는 것은 그곳을 덮어 오는 개오동나
무의 넓은 이파리들이다. "잠을 덮치는 억센 잎사귀의 지옥
처럼" 밤에는 매미 소리까지 이어졌을 터이니, 주체가 잠
못 들었던 것은 심란함 때문만은 아니었겠다. 충동에서 그
치긴 했으나, 상황의 급박함과 절박함은 3연에 그대로 나
타나 있다. 주야장천 "줄기차게" 들려오는 소음과 밤낮을
잊은 독촉들은 급기야 주체가 파산선고를 하게 했다. 그를
"도망치듯" 달아나게 몰아댄 것이다. 하지만 주체는 끝에서
"개오동 그늘"이 "내 안의 살의"임을 이제 안다고 말하고
있다. 그때의 살심(殺心)이 겨눈 이는 스스로였다는 뜻이다.
시의 서사로부터 이해할 수 있는 정황은 우선 이러하지만,

마지막 연의 내용과 더불어 제목·제재는 더 많은 이야기를 들려준다.

제재인 개오동나무는 원래 속이 비어 있어서, 어느 정도 자랐을 때 잘라 주어야 구멍이 없어진다는 것이 상식인 시대가 있었다. 시집보낼 딸을 위해 심었던 나무는 더 좋은 목질을 갖기 위해 한차례 고난을 겪어야 했다. 주체는 바로 이런 전통을 염두에 두고 있지만, 자발적으로 그것을 겪어 냈다. 따라서 이 시의 초점은 죽을 것 같은 궁지로부터 벗어났던 경험에 있지 않다. 도리어 그것이 스스로 불러들인 것임을 알게 된 다음의 자신, "죽은 나무"가 되지 않았던 자기에 대한 긍지가 핵심이다. 「명태 보살」에서 보았던 생의 심연을 그도 지나왔던 것이다. 끊임없는 간난신고를 건너와 비로소 얻은 시제 "줄기차다"는 이처럼 사전적 의미인 '그치지 않고 억세고 힘차다'라는 속성을 삶의 고난이 아닌 그것의 주인에게 되돌려 주고 있다. 그래서 주체는 "줄기차다"라는 펀(pun)을 쓸 수 있게 된 것이다. 하지만 이 말장난은 시쳇말로 '웃프다'. 연이어 배치된 자전적 시를 보자.

> 파산을 하고 소식 끊은 딸이 하마나 올까
> 삽짝이 기울도록 기다리시던 어머니 곁에
> 토종 국화꽃
>
> (중략)

붉어지다 붉어지다 입술이 터진 꽃
마침내 검붉은 잇몸으로 물크러질 때까지
우리는 비바람을 맞으며 그 저녁을 건너왔다.

옴팡한 꽃자리를 들출 때마다 축축하게 돌아눕던 가족들
시큰거리는 무릎을 세워 빈 젖을 물리고
여기까지 왔다.

열렬한 맘도 없이 꽃 몸살 앓던 그 밤
꼬약 한입 베어 물고 나 함께 물크러졌던가?

시큼한 저녁의 바깥
꽃 가족

—「저녁의 이사」부분

「무덤의 바깥」에 그려진 어머니의 유품을 정리하는 딸이
주체이다. 그는 국화꽃을 캐서 옮겨 가려고 한다. 오래전의
파산과 그로 인해 종적을 감췄던 여식을 기다리던 망모(亡
母)의 마음이 실려 있는 까닭이다. 그런즉 어수선한 저녁,
국화꽃의 이사이다. 심산함은 망한 채로 떠돌던 "그 저녁"
들을 자연스럽게 떠올리게 한다. "붉어지다 붉어지다 입술
이 터진 꽃"과 같이 버텨 내던 나날들에는 수많은 이사들과
이사한 첫날들도, 습하고 그늘진 거처에서도 "시큰거리는
무릎"을 바투 세우며 젖먹이를 끌어안던 풍상의 밤도 있었

겠다. 그런데 주체는 그런 시간들을 "꽃 몸살 앓던" 세월로 기억한다. 어쨌거나 그것을 "건너왔다"는 사실 덕분이다. 그러기까지 국화꽃은 매번 "물크러질" 운명이었지만, 매해 다시 피어 어머니 곁을 지켰을 것이다. 그렇게 모친이 한 해 한 해 주체를 기다렸듯이, 이사한 곳인 주체의 옆에서도 꽃은 몸살을 앓을지언정 끝내 제 자태를 찾을 것이다. 주체가 그랬던 것처럼 말이다.

한편으로 마지막 두 연은 결코 "물크러질" 수 없었던 주체의 꿋꿋함이 어디에서 왔는지를 시사한다. 주체는 "시큰거리는 무릎"으로 어느새 "시큼한 저녁의 바깥"에 도착해 있다. 한데 "시큼한"의 수식을 받는 시어는 "저녁"과 "바깥" 모두이다. 기억해야 할 것은 「무덤의 바깥」이나 「감정의 바깥」 연작이 보여주는바 박춘희의 시에서 "바깥"이 대상의 본질을 더듬는 시의 촉수가 닿는 자리라는 점이다. 이 시에서도 매한가지다. 인용하지 않은 끝 연에서 주체는 그 저녁 또한 "건너갔다"라고 말한다. 주체는 세상의 신고(辛苦)를 벗어날 수 없음을 분명히 인식하고 있는 것이다. 그래서 그는 저 저녁의 옆에 "꽃 가족"을 놓았다. 이로써 시큰거림과 시큼함의 위상은 달라진다. 이것들은 일회적인 감각이 아니다. 쑤시고 시린 몸과 그것에서 배어 나오는 냄새는 살아 있음의 증거로서 우리를 따라다닌다.

오감, 장애 혹은 비망

박춘희 시의 특성이 가장 두드러지는 작품들은 대개 '붉음'과 '비림'을 함축하고 있다. 이러한 시각과 후각의 감각들은 실로 그의 시에 넘쳐나는데, 이 둘은 분리되지 않고 짝을 이루는 경우가 허다하다. 사정이 이러니 이들은 그의 시에서 삶과 죽음을 가리지 않고 편재하는 존재의 자기 증명과 같다고 해도 되겠다. "붉은 목젖을 드러내 놓고 어미를 부르는 어린 새"가 풍기는 "풋것의 비린내"도 하나의 사례이기는 하다(「너를 울어도 좋은 밤」). 그러나 "바다 냄새"를 매개로 "비린내는 제 몸을 비벼 맡아 보는, 할머니의 초조(初潮) 같은 것"이라 진술하는 시는 두 감각의 동반이 가진 필연성을 명확히 한다(「할머니의 바다」). 이를 참고로 재차 확인하는 바는 새 생명이든 아니든 우리는 붉고 비린 존재들이라는 사실이다. 알다시피 비린내는 피의 냄새이다. 그러므로 피를 가진 모든 것은 비린내를 품고 다닌다고 할 수 있다. "붉음이란, 고통과 쾌락의 형식"(「붉음의 형식 2」)이라는 다른 곳에서의 언급이 가진 의미는, 아래의 시에서 보다 분명한 의미를 획득한다.

> 반반 치킨을 시켜 놓고
> 나는 가끔
> 식욕이란 것이 완곡한 분노, 생존을 넘어선 과잉이 아닌
> 지 생각한다.
>
> 언제부터 몸은
> 폭식과 거식에 시달리다가

끝내는 면역 결핍증 환자처럼
자신에게 집중하는, 나르시시즘의 전향이 아닌지.

비움과 채움은
분노의 패턴

번들거리는 목구멍을 따라
지친 위장이
짐승처럼 웅크린 저녁이다.

―「식욕 장애」 부분

시각과 후각이 한 켤레가 될 수 있다면, 후각과 미각이 그러지 못할 이유는 없다. 시각·청각·후각·미각·촉각의 오감이 고루 뒤섞이는 것도 당연히 가능하다. 먹는 일. 이 것의 즐거움에 대해 에두를 필요는 없다. 오감을 두루 자극할수록 이 일은 기꺼워진다. 허나 이것이 즐겁기만 할까. 주체에게 간혹 찾아오는 것은 식욕에 대한 회의이다. 이것이 "완곡한 분노, 생존을 넘어선 과잉"처럼 느껴질 때가 있는 연유에서다. 후자는 수월하게 납득된다. 문제는 "완곡한 분노"이지만 뒷부분이 이를 어느 정도 설명해 준다. 폭식증과 거식증을 아울러 지칭하는 섭식 장애는 근본적으로 자기 몸에 대한 지배권이 흔들릴 때에 나타난다. 사회적 이유이거나 심리적 요인이거나 말이다. 반대로 말하면 섭식 장애는 사회적·심리적으로 안정된 때에는 발현될 여지가 별로 없다. 요컨대 그렇지 않다는 불안이 완곡하게 나타난 분노가 섭식 장애라는 것이 시의 전언이겠다.

그런데 주체는 섭식 장애의 귀결에 "면역 결핍증 환자"를 데려다 놓았다. 비유이긴 하지만 다소 뜬금없다는 인상을 준다. 이 대목의 실마리는 "나르시시즘의 전향이 아닌지"에 있다. 그리고 이 물음에서 주어는 '몸'이라는 부정칭 대명사이다. 말하자면 몸은 섭식 장애를 계속하다가 자기애로 전향하고 말 것이라고 주체는 우려하고 있다. 하니 관계에의 열망이 관계 자체를 폐기시키고 만다는 견지에서만이 아니라, 인간 일반이 그런 환자 아닌 환자가 되었다는 판단이 주체의 무리수에는 들어 있다고 하겠다. 박춘희는 이들 환자에 대한 편견의 시선을 빌려 와 우리 자신에게로 그것을 돌려놓았다. 이를테면 "짐승처럼 웅크린 저녁", 주체는 다른 누군가와도 함께 있지 않은 것처럼 보인다.

그러나 그 앞에 다른 사람이 앉았다고 해도 상황이 달라지리란 보장은 없다. "바벨의 후예들"이 거처하는 곳을 "인칭들의 세계,/도처의 날선 유리병, 지뢰밭이다"라고 결론 지은 「배후」라는 시는 세계의 불화가 언어에 있음을 명백히 했다. '욕망=요구―욕구.' 상식이 된 이 도식에서 진실로 주목해야 할 것은 요구를 다 실을 수 없는 언어의 실체이다. 욕망은 요구의 발화자에게조차 짐작될 뿐이다. 그것의 충족은 애초부터 불가능하다. 이 점을 간과할 때 욕망보다 먼저 욕구가 인간을 지배하게 된다. 「식욕 장애」는 이런 위험에 대한 문제를 제기한다. "식욕은 차라리 치욕"이다(「조류독감」). 하지만 현실에서의 무력감은 "폐기된 식욕"으로 치환되기도 한다(「잣나무 숲의 밤」). 마치 식욕이 전부인 듯 미디어는 먹방을 방영 중이고 딜레마는 끝을 모른다.

그대여, 닭장 바닥에 엎드려 죽음의 그림자를 끌고 먹이를 먹는 짐승이 아프다고 쓴다. 아프면서 먹고 죽어 가면서 먹는 것이 생이라고 쓴다. 삶은 없고 목숨만 남았을 때, 그 목숨이 너무 경건하게 제 목숨을 받드는 것을 보았다고 쓴다. 그대여, 개나리 꽃잎 환했던 햇살의 목숨으로 왔다가 불현듯 까맣게 잦아드는 빛이 있었다고 쓴다.

잠시 환하던 봄날을 폭풍으로 거두어 갈 때 생은 아름다웠다고 말할 수 있나. 참혹하게 아름다운 것이 생이었다고 말할 수 있나.

그대여, 나는 이제 아무것도 알 수 없어졌다고 쓴다. 누군가의 인생 속으로 엉기어 왔다가 툭, 끊고 사라져 버리는 것들에 대하여 모른다고 고백한다. 고통을 미래의 시간 속으로 보내는 순간들에게 죽음조차 목숨의 일부로 살아 내는 간곡함이 고맙다고, 잠 속에서도 눈물 나는 저녁이라고 쓴다. 미물들이 소리를 버리고 침잠하는 순간을 경배한다고 쓴다.

그대여, 허공에 맘을 둔 땡감나무의 한 점 붉음,이라 적는다. 더는, 안녕이라고 적는다.

—「목숨들에 쓰다」 전문

잘된 문제 제기가 현실을 제대로 고친 경우는 앞서 거론했던 철학들의 근황과 같다. 그리 많지 않다. 하여 좌충우돌, 도무지 요령부득인 세계에 거하는 자가 부르는 이 노래는 진솔하다. 주체가 목도하는 닭의 운명도 「식욕 장애」가 이미 예고한 바이다. 그런데 "아프면서 먹고 죽어 가면서 먹는", 그러므로 살아가지 않고 연명하는 저 목숨들에게서 주체가 읽는 것은 오히려 경건함이다. "제 목숨을 받드는" 행위에 담긴 소중함에서일 터이다. 주체의 질문은 그러한 즉 설의법이라고 보아야 한다. 비단 천상병의 「귀천」이 연상시키는 자동성 때문이 아니다. 저 목숨들의 엄숙한 받듦은 참혹함을 아름다움과 공존하게 한다. 해서 참혹함이 아름다움을 전환시키고 배가시킨다.

하지만 전환은 시 전체에서도 일어났다. 주체의 자문이 설의법이라고 해도, 저 목숨들의 숭고미는 압도적이다. "아무것도 알 수 없어졌다"라는 자백은 따라서 "쓴다"를 최종적으로 "적는다"로 바꾸어 놓았다. 시의 네 분절들은 이 과정을 확연히 드러낸다. 목격에 이어지는 자문은 "쓴다"의 내용을 주체의 생각에서 고백과 감사 그리고 경배로 옮겨 가게 했고, 마침내 "미물들"은 "그대"로 "허공에 맘을 둔 땡감나무의 한 점 붉음"으로 드높여졌다. 넷째 분절의 "적는다"는 이 시가 그들에게 보내는 편지임을 명시한다. 그러니 이 시는 관찰의 비망록에서 서한이 된 셈이다.

시라는 편지

시의 장르적 문법은 그러나 「목숨들에 쓰다」가 미물들에게 보내는 편지로 읽히는 것을 거부한다. 그러므로 "더는, 안녕"이라 끝맺었지만, 이 편지에 다 적지 못한 말들을 시집의 다른 시에서 찾아볼 수도 있을 것이다. 예컨대 "당신은 어떤 감각을 원하는 거지?"(「칠월의 편지」)라고 주체가 물어 올 때, 우리는 어떤 대답을 할 수 있을까. 궁색한 답변 대신 메를로퐁티의 발언을 옮겨 본다. "시가 산문으로 번역될 수 있는 하나의 기본 의미를 내포한다 할지라도, 시가 자신을 시로 규정하는 제2의 존재를 독자의 정신에서 가져온다는 것은 잘 알려져 있다."[3] 그의 주장 옆에 나란히 박춘희의 시를 따라 적어 본다. 여기 우리의 정신이 틈입할 시의 여백이 놓여 있다. 그것들을 감각하고 파고드는 일은 저마다의 몫이겠지만, 시인의 귀띔을 받고 도처에 웅크린 그것들을 감지해 보는 것도 시를 읽는 하나의 보람이리라.

영산홍 가지마다 투명한 뼈로 녹고 있는 봄의 기미도
눈치채지 않게 스크랩해 두고
언 땅속 수선화 더욱 둥글어지는 어둠도 뾰족하게 복사
한다.

한 점 의심 없이 찢어지게 벌리는 꽃들의 음부
주둥이를 박고 단물에 취한 벌새의 포즈까지

---

3 모리스 메를로퐁티, 『지각의 현상학』, p.239.

119

젖거나 가라앉거나

뿌리가 흠뻑 젖어 시드는 꽃의 황하 퇴로까지

가볍게 당신에게 전송한다.

　　　　　　　　　　　　　—「꽃의 이데아」 부분

　위의 시는 우주의 아름다운 비밀을 누설하고 있지만, 살펴왔듯이 박춘희 시의 초점은 대부분 그렇지 않다. 실상 시의 기능이란 "널을 등에 지고 산으로 올라간 옛사람을 생각하며 꽃밭을 만들고"(「경칩 무렵」) 그것을 돌보는 일에서 한 발만 더 산 자에게 다가서는 일일 터이다. 그리고 그것이 타자와 세계의 문제를 대면하는 첫걸음이 될 수도 있을 것이다. 살아 있는 타인의 고통에 격벽을 세우지 않을 때, 레비나스의 생각과 같이 인간의 선한 본성이 발현될지도 모를 일이다. 철학이 지금-여기 자본의 철옹성을 응시하고 분석하고 비판한다면, 문학은 우리를 제 삶의 철학자로 불러 세운다. 메를로퐁티가 예의 저서의 마지막을 생텍쥐페리의 『전투 조종사』(1942)의 일절로 갈음한 까닭은 다른 데 있지 않았다. 그가 "영웅들"이라 부른 이 역시 자전적 이야기를 쓴 소설가가 아니었다.[4] "그대는 그대의 행동 안에 살고 있다. 그대의 행위는 그대 자신이다"라며[5] 소설의 주인

<hr />

4 모리스 메를로퐁티, 『지각의 현상학』, p.681.
5 앙투안 생텍쥐페리, 『어린 왕자·야간 비행·인간의 대지·전투 조종사』, 안응렬 역, 계몽사, 1996, 중판, p.333.

공이 호명한 이는 세계의 위기에 처한 당사자들이었다.

　문학자마다 편차가 있겠지만, 이렇게 그들은 다들 삶의 한가운데에서 궁리 중인 우리 자신을 들여다본다. 우리 자신이 되어 발언하고 노래한다. 그리고 이러한 시차(視差)들이 모여서 우리가 사는 세계의 베일을 벗기고 뚜렷한 양감으로 그것의 실상을 감지케 한다. 문학이 발하는 이러한 스펙트럼의 하나로서 박춘희의 시는 참혹한 세계를 살아가는 이들에게 다가오는 참담함과 그 와중에도 경건함으로 솟구치는 아름다움의 순간을 촉지(觸知)하도록 오감의 안테나를 곧추 세우고 있다. 감각에 매몰되지 않도록, 그리하여 타인을 향해 그 감각들을 열어 두도록.